Xiron Poetry Club
磨铁读诗会

中国桂冠诗丛

Night Train
Hou Ma

夜行列车

侯马 著

四川文艺出版社

目录

| 凝望雪的傅琼 |

十九个民工

| 吃灯泡 |

| 跋 |

凝望雪的傅琼

那只公鸡

到今天我还能想起你
高傲　勇敢　从容　浴着血
踩着贵族的步伐
用浓缩的太阳做眼
一会儿用左耳
一会儿用右耳
谛听
打麦场是你的天下
整个村庄是你的天下
你君临的范围
是像梦一样隔绝的另一个区域
我只能是过客　漂泊者
一九七四年十二月五日
你故意走过庭园
渲染我七岁的孤独
无边无际
一只公鸡　生活在黄土高原
是许多公鸡的对手
众多的母鸡　爱着他

一个漂亮的超低空滑翔动作
使你的情人感受力之美　重量之温柔
用强奸的行为
满足伊的羞耻心和淫荡
没有过去　没有回忆　充满定格
生来就是一只充血的鼎盛的生命
荣誉涨红了鸡冠　耸起
漫不经心地引吭高歌
冥冥之中和朝霞夕阳合拍
从从容容　自自在在
过着爱情的　闲散的　死亡的生活
你神秘地消失的那天
三股叉般的脚印
印遍了残墙颓垣

1989|12|15

凝望雪的傅琼

雪沿着时间的缝隙飘落　没有声音

傅琼站在小泥屋门口　站在雪中

雪踮着脚尖沿着电线　沿着树枝

沿着田野　把道路踩肿了

傅琼把一片雪花接在手中

许多雪花把傅琼抱在怀里

这时候　雪光取代了天光　波光

甚至傅琼在小泥屋点的烛光

可是　你把万物怎样

也不能遮住傅琼明亮的双眸

于是傅琼向雪凝望　同时

雪也摆出同样的冷漠朝傅琼凝望

她们相互估量　相互仇视　甚至爱慕

两种温柔的对视

1989|12|26

金别针

我的爱妻有一枚金别针
可是她并不重视它
金别针被弃在地毯上
绿绒中它像潜艇王
我捡起它放在桌面上
它靠近花瓶像真首饰一样
金别针
我要别上你
我的胸膛要闪光
我要用你代替掉了的纽扣
你肯定干得要比胶布好

1993|09|26

地铁

亲爱的
我想快点见着你
公共汽车太挤
打的打不起
我决定乘地铁
亲爱的我是多么想你
你的眼睛
你的嘴
亲爱的请注意
我成心坐反了方向
但我没改变主意

1994|01|04

卖塑料花的农夫

呵，农夫
清凉的四月
你把花儿驮到
殡葬馆门口

这些翠绿的花儿呀
有整整一麻袋
沿马路摆开
它的原料是可乐瓶子
花儿，比弃尸纯洁
比灵魂颜色深

呵，农夫
沉默的黑农夫
你的塑料花积压了春天
在南部升起一面六色旗
在北方摔落一架 747

而在我祖国的乡下作坊

剪呀，绞呀，编呀，粘呀
塑料花茁壮生长
你的亡妻她操劳、奔忙

1994|04|28

种猪走在乡间路上

阳光
这一杯淡糖水
洒在冬日的原野
种猪走在乡间的路上

它去另一个村庄
忙
种猪远近闻名
子孙遍布三乡

这乡间古老的职业
光荣属于种猪
羞辱属于种猪

而养猪人
爱看戏的汉子
腰里吊着钱袋
紧跟种猪的步伐

自认为和种猪有着默契
他把鞭子掖在身后
在得钱的时候
养猪人也得到了别的

一个人永难真正懂得
种猪的生活
养猪人又是欢喜
又是惶恐疑虑

这时一辆卡车
爬过乡间土路
种猪在它的油箱上
顺便吻了一下

1995|01|15

吸血迷情

“我告别人类的那晚月色之美
“令我哭。在东方，人也称我鬼
“我的身体要多腐烂有多腐烂

“但我也可以艳若桃花
“栩栩如生，长久保持
“离世时俊朗的容颜

“我不是死给你看的，也不想
“给自己看，我力图有一个结束
“却开始了永恒。我丧失了

“变化的权利，永远不老，死到不能
“再死。动与静皆类似真实的迷幻
“我的躯体，这无法收获的果实

“难以像番茄那样在咀嚼中消失
“生前它属于我，严格意义的遗产
“难以被继承，也难以被抛弃

“就这样，我从台阶上滑倒
“一下跌落了两百年，先是被称为
“农业僵尸，随即被称为工业僵尸

“最初是我拒绝了人类，如今不知
“该再生还是死去。我时而蹑足临世
“鬼气森森，时而销声匿迹影踪皆无

“继续着沉落，风采依旧
“风干而不朽。一个没有同类的僵尸
“独自承受着作为僵尸的孤独”

1995|10|31

李红的吻

她几乎不露痕迹地藏起了河南口音
她几乎不费气力地套上了紧身旗袍
少女时四年的短跑生涯
留给她苗条的身段　以及
不太灵光的头脑

真的，她从不沾酒
人家逼狠了，就起身逃掉
她说要是有人喜欢她
大概是觉得她性格好吧
每次开口，她红唇下的牙暴露无遗

关于童年，她记恨童年
三姐妹比肩生长
对一个只生姑娘的家庭
奶奶抱着族长般的冷落
在轻蔑中，她暗怀敌意

呀，目睹这现代一幕的变迁

有人顾不得顾影自怜

一个男人

要走多少路

才能被称作男子汉

一个婊子要生多少娃

才能有人喊她一声妈

李红的旗袍裹着她的躯体

李红的智力含着她的美德

只有在酒吧旋转着挂在天空时

才能看到逃离的李红努努嘴好像一个吻

1998|04|27

我爱北京天安门

九三年
我在前门当警察
古老的前门
箭楼高耸
群燕盘旋
它的西北紧邻祖国的心脏
天安门广场辽阔地展开
而在前门狭窄的胡同里
刘奶奶晒着棉被
小贩们收购破烂
我骑自行车巡逻
心里真是不敢相信
刘奶奶在前门住了七十年
愣是没有去过一次天安门

1999 | 11 | 17

披着羊皮？的狼？

九三年

我在前门当警察

有一晚所里查获了一名卖淫女

因为要等女民警来问话

就先让她站在院里

她有一双骨碌碌的大眼睛

还有一副瘦削的身材

在秋风中紧抱着双臂

说她有点冷

让民警给件衣服穿

这儿可没人愿意搭理她

所长托辞没有女式衣服

她就哀求道：让我披件警服也可以

就警服吧

这个女人真是敢张嘴

这怎么可以呢

诸位想想

一个妓女，披着警服？

每次想起这事

我都不知该怎样使用

那个古老的比喻

1999|11|23

项链

九三年
我在前门当警察
有一天抓了一个偷车的
小伙子送女友回家
刚告别
他瞧见一辆车没锁
进院里推上就走
被主人追上扭获
他正在热恋
恳求见女友一面
我也想见见她女友
就通知她来了
小伙子的行为被谎饰为打架
两人涕泪交加地告别
在送小伙子进拘留所的路上
他从脖子解下一条项链
铜链下面拴着一颗弹头
请求我转交他女友
我收下了

但是一直没有照办
也许这太过戏剧化了
让我有点烦
也许我觉得不应该
再见他的女友了
那个一头长发
俊俏、浅薄至轻信的女孩

1999|12

冬夜即景

走出超市
置身冬夜那广阔的怀抱
我喜欢这清冷的感觉

建筑工地上
多么眩目的探照灯
映着北四环的气派和瑕疵
映着庄稼地的荒芜和退隐

我左手拎着塑料袋：明珠超市
右手牵着夏尔
那温乎乎又软绵绵的小手

在静谧的芍药居小区
我应和着夏尔的步伐
突然看到马路上一小堆积雪

发着青青的光芒
无辜地摊平了自己

夏尔踩上去时有一声微弱的响
沙——

怎么会有幸存者呢?
就这儿一小块残雪
夏尔仰起了他的小脸
“爸爸，是糖。”

空中一声清脆的炮声
夜色显得愈发广阔
春天的庆典就要开始了
大地渗出了甜丝丝的味道

2000|02|12

雨夜

他干了一杯又一杯啤酒
她来的时候他已喝多了
他冲着大伙高声叫喊
“她会大名鼎鼎的”

“是个美女　是个美女”
别的酒徒随声附和
一一上来同她干杯
搂着她瘦削的肩膀

她比“鸡”还漂亮
却像少女一样羞涩
她吸着七星牌香烟
绿衬衫带来了夜雨

他送她回家
他站在雨中呕吐
她的酒劲过去了
在车里冷得发抖

他不愿意就此告别
他不知道该做什么
他翻弄着他的手掌
直到听到一声巨响

第二天　他在酒后的虚弱中度过
第三天　她打来了一个电话
她说没有事
只是想打个电话

他不让她说下去说知道知道
他告诉她关于响声
是风雨吹落了高楼的一块玻璃
在车盖上刻下了深深的一道痕

2000|05|28

小兔子

那只奇怪的小兔子
一整天，被夏尔画着

妈妈问夏尔
今天你在幼儿园干什么了？

画小兔子

还干什么了？
画小兔子
除了画小兔子还干什么了？
妈妈，我画小兔子

就是这样：小兔子
也许只是一团乱线
也许已支起了两只

通向未来的耳朵
被夏尔描述成
他一生中的一个整天的行为

2001|03|12

蝙蝠

暮色里
他脱下布鞋
随手往上一扔
就兜下来一只蝙蝠
他坚定地走了
隐身渠水响亮的农田
留下一群儿童
往天空
一遍遍地扔着臭鞋

2005|10

留学

在欧洲生活了一段时间
我们学会了像当地人一样
碰见陌生人也微笑

但是偶尔碰见同胞
我们还是像在国内一样
板起严肃紧张的面孔

2007

麻雀。尊严和自由

这样的诗句让我心领神会
“一出门，就能看到亲戚和麻雀”

没有深切的乡村体验
就不知道卑微的麻雀多有尊严

有谁见过：
笼中的麻雀

只有踢翻的米盅
和一具横倒的尸体

抓过雏雀的手
会终身出汗　拿不稳刀剑

它离人类最近了
但永远是邻邦，绝非家奴

饱经沧桑的人知道

它们是自由的精灵

没有道义可以审判不羁的灵魂
甚至良知也对不住自由的追求

2009 | 04

小柿子

一九七四年或者
是一九七五年
肯定不到七六年
七六年粉碎“四人帮”
我已经在城里的小学
拉小提琴了
就是说一、二年级时的某一天
我毒打了小柿子
在他的脸上
一连扇了几十个巴掌
小柿子开始还笑
表示他理解这是玩耍
而他依然相信我的友谊
后来，痛得受不了
他开始抽泣
一道道泪水滑过
又红又肿的脸
我没想到
他竟然不还手

一放纵
左右手交替
又扇了他几巴掌
这完全演变为
一个人对另一个
意志的控制
小柿子让我觉得
我有权利这么打人
我有这么威风
后来我想起来
这么一个人
竟然是我最好的朋友
他怎么配
拥有我的友谊
不由得
又扇了他几巴掌
他有点迷惑
一开始他就不解
我城里来的弟弟哭了
而我怪罪于他
想证明我可以保护弟弟
还是想证明

朋友与血缘相比
根本就不重要
想起我一个人被扔在乡下
还要靠打人证明自己
我不由得接连扇着小柿子
我的手终于打痛了
弯腰脱鞋
教室后面
高我半头的小柿子
就那么靠墙站着
看我脱鞋
没有还手
也没有跑
他像是有点被打傻了
也有点像是想尝尝鞋子的滋味
等我脱下鞋
就用鞋扇他
几下
血就流下来了
我弟弟目睹了这一幕
值日的同学目睹了这一幕
多年来我忘不了这一幕

忘不了小柿子
我三十年没见他了
那事过去不久
我就回城读书了
粉碎“四人帮”的时候
还在舞台上假装拉小提琴
上初中时
我回村里见过小柿子
实行家庭联产承包制了
他在田里干农活
见到我
竟然羞涩地笑了
我觉得这冤仇化解太容易了
当年
我能这样欺压他
绝非一己之力
现在，有时也麻木不仁地
助纣为虐

2009|12|05

十九个民工

反目成仇

他听信谗言
突然跟我翻脸

几次剑拔弩张
打斗一触即发

往日密友
竟成最大敌人

我做好开打准备
将一条铁链勒在腰间

一次次怒目而视
一次次等他升级

我懒得解释
不屑和解

半夜醒来

摸着被铁链勒弯的肋骨

终于，我忘了他的名字
只剩下模糊的仇恨：姓谢

2011|04|03

清明悼念一桩杀人案的受害者

男人从乡下赶来
要把在城里打工的妻子
劝回家
妻子已另有相好
两人吵翻了
大打出手
男的用菜刀
使劲剁
女的终于服软了
跪着说:
“我跟你回去”
男人，望了一眼
快砍断的脖子说:
“来……不及了”

2012|04|03

有一个人他自己还记不记得他是谁

有一个人
不知道死了还是活着
这个人我连见都没见过
我听我哥讲有这么一个人
东杨村里有这么一个人
贾老四
实际上他不姓贾
也不叫老四
老四死了
老四的遗孀又嫁了一个男人
村里人说他是假老四
就这么叫了他一辈子
贾老四

2012|09|07

存在

我穿过
一段走廊
忽然发现
怎么没有听到
脚步声

我立刻
郑重起来
确保每一步
都发出声响

踢踏
踢踏
踢踏

扮演着自己的
拟音师

2013|02|27

蚯蚓的歌声

暗夜，蚯蚓用粪便建造了金字塔

这人类难以企及的精良的盾构机
它只有一个意念就是吞咽
它只保留两个器官就是肛肠

但是，当它在柏油马路上面临毒日
升起时水分消失殒命的危险
它依然把救援的手视为加害
蠕动的身躯竟然可以弹簧般跃起

它说沉默是金
它入土为安乐窝
它是不长胡须的法老
恐怖的双面双尾人

它可以但实际上不同自己做爱
但它绝对不能一分为二哪怕平均
它保留吸血家族的古老习性

为星球打工，替蛇还债

我的诗人兄长宋晓贤接受绰号蚯蚓
他最早告诉我说沉默是金
但我听到他一度以祈祷终究还是以梦为歌
我在秋夜大自然的合唱中分辨陌生之音

那把发声器官和裹尸布合为一体的正是蚯蚓

2013|10|05

一个女孩

她跟朋友来的
借了我两本书
川端康成的雪国
斯蒂文斯的乌鸫
二十多年过去了
我一直记得她的模样
我真想见到她
张嘴就问:
我的书呢?

2013|12|22

拉姆斯菲尔德如是说

有些事我们知道，有些事我们不知道
有些事每个人都知道我们知道我们知道
有些事没有人知道我们不知道
也有些事我们不知道我们知道
要命的是我们知道有些事我们不知道我们不知道

我把这段话学给一个男人听
他笑傻了，眼角甚至挂着泪
我有时想，这个人还是很不错的
可以笑得像个婴儿像个傻瓜
而我对这个世界也真是讨好
让一个人那么开心

2014|02|13

此人

此人无意抬眼一望
突然看见一个人
赔着笑
正借道

那个人
竟然是他自己
熟悉极了

发现世界上
竟然有他这样一个人
他的心里涌起了一片羞愧

2014|03|20

唇语

我看见有个“黄牛”在吹嘘：

我问他你要票吗他不吭声

我又问他还不吭声

我就骂他你哑巴了

——这时我迎面走过去

“黄牛”很敬业地拦住我

她问我你要票吗我不吭声

她又问我我还不吭声

我就站在那里一动不动

眼睛紧紧盯住她的口型

2014|07|13

致未来

我把孩子
送进了寄宿学校
久久徘徊在童话般的宿舍楼前
心中一千个不放心
一万个恋恋不舍
孩子表面服从
心里是他还不会表达的无奈
临走前一次又一次拥抱
他站在床上两只小手搂着我的脖子
说：
我就是不知道在学校该干什么？
我眼泪差点掉下来
脱口说
孩子，记住
如果你想上厕所
就一定要去上厕所

2014|08|31

十九个民工

十九个民工扛着铁锹
不，是五个民工扛着铁锹
不，五个民工可能也没扛着铁锹
不确定拿什么工具在桥上干活
两个打瞌睡的民工开着拉渣土的卡车
卡车一下把五个民工撞下桥
又撞在栏杆上
两个打瞌睡的民工连同一车渣土
倾泻而下把五个民工埋了
救援人员迅速赶到
决定把人尽快挖出
他们找来了十二个民工
十二个民工扛着铁锹赶来了
奋力铲挖
很快挖到了没有呼吸的七个民工

2014|10|01

忏悔录——再悼钟品

一九八五年的一个冬夜
你对我讲
有谁能像卢梭那样
无情地解剖自己
我震惊于你
如此严肃地对待一本书
而之前我认为
读书不过是长知识或益智而已
毕业都快三十年了
我们最大的进步
一定是认识自己的能力
我们仍然在不断地发现
虚假的自己
葬礼上我看到你妻子
淡淡的哀切，自然、得体
你的一对双胞胎儿女
仿佛你青春时出版的两本漂亮的诗集
男孩高鼻梁像妈妈
女孩细眼像你

整个上午

她跟妈妈不时地四目相望

仿佛你与妻子又一次坠入了爱河

2014|10|21

一切都是最好的安排

我走进一家书店
翻开一本年鉴
没有我的名字
再找
果然也没有伊沙、徐江的名字
编者的恨
还真不小
不过有时候有伊沙
也有徐江
但仍然没有我
我就想
难道此人
不怕警察

2015|01|08

鸟巢

紧邻鸟巢的
那家酒店
在鸟巢尚未建设时
失过火
一个小女孩
被烟熏死了
我进入现场
已是两天后
她的遗物
已被父亲取走
屋里仍然弥漫
浸入骨髓的焦味
床头柜上
是厚厚的
一层灰尘
火魔在上面
画了一幅小眼镜

2015|01|10

贵客临门

我几次请保姆
到父母家
希望老两口
能看上一个
但他俩始终
不肯雇佣
理由是自己还能动
做做家务有好处
我觉得老人是不舍得花钱
但这也许不是最重要的
我想起来了
每次保姆去家里
只要保姆站着
他俩就不会坐下
只要保姆不上桌
他俩就不会动筷子
他们给了保姆

一个客人的待遇
不会有人让家里
总是待着一个客人

2015|02|22

我的脚后跟

不管面前的狗
显得多么温驯
我都保持着面对着它的姿势
因为我的脚后跟
保持着穷人的记忆

2015|02|22

雪静静地下着而晚饭快要熟了

雪静静地下着
而晚饭快要熟了
彼时，我以为东杨村在下雪
就是全世界在下雪
彼时，地球上千家万户生火做饭
而我眼里只有姑姑家的炊烟
我牢记了我的蒙昧
并由此建立与人类的联系

2015|05|02

天坛

在天坛的回音壁
他把对老天爷想讲的话
把对亲人想讲的话
把对自己想讲的话
都讲给这面墙

其实给这面墙
他什么也没有讲
他喊的是：
——听见了吗
——听见了吗

2015|09|23

献宝

献宝人来自海外
数代相传一件铁环衣
俗称锁子甲
也就是古代打仗穿的防刺服
博物馆馆长念其真诚
把他带到地库
献宝人看到
那里码放着数十万件
同样的战服
前朝的将士穿都没穿过
帝国就亡了

2015|11|19

灯绳

灯绳带来的光明感更强烈
灯绳带来的黑暗更彻底
灯绳做梦都站得笔直
以便暗中的手在固定的位置握住它
灯绳同样的一个动作
却可以带来相反的两个后果
对此灯绳一无所知
它只是一旦错了就再试一次
更早的时候
灯绳要浸身火海才有光明
它有金刚不坏之躯
但我难忘的灯绳还不是自杀的那条
而是有一天我一伸手
它竟然唱起了东方红

2016|01|24

| 吃灯泡 |

红薯

我看见男人和女人
在地里刨红薯
他们技巧娴熟
有祖先那样
劳动者的身影
我羡慕他们
但并不想拥有一块土地
也不想刨出那么一堆
红薯
我愿意一个人
在收获后的地里
找到一枚被遗漏的红薯
我想重温
童年与它相视时的喜悦

2016|02|17

代销店

代销店来梨了
我从家里拿了几枚鸡蛋
跟爷爷去换
爷爷绕道去尿尿
等他回来
我已换完
站在代销店门口
几枚鸡蛋
变成了一只梨
比鸡蛋大不了多少
我记得那晚冷
记得爷爷沉默
他没想到只换到一只梨
他可能觉得被坑了
可能后悔不该想让我吃梨
不该去尿尿
那只梨的下落我丝毫不记得了

梨子的味道丝毫不记得了

记忆是个不公正的法官

总是判决失望、屈辱、落寞赢得胜利

2016|03|29

贝尔格莱德

据说它被毁灭过四十三次
重建过四十四次
多瑙河畔的贝尔格莱德
想当年市中心的林间长椅
有一对接吻男女的镜头传到中国
告诉我们南斯拉夫人漂亮美好
林中空地纪念碑高耸
国合处的金发处长
翻译了上面写的话
我为祖国的自由独立牺牲了
看到活着的人怀念我
我感到很欣慰很高兴
但是，我指着那行字母说
它看上去很短
是的，美女处长回答
意思很深

2016|05|06

端午节

儿子回国度第一个暑假
轻松愉快地谈起
今年北京的高考作文题
其中一道是以“荷”为题
写一首诗或抒情文字
他打算这么写——
小学五年级时
我们班老师指着一名女生
说她就是一朵荷
出淤泥而不染
然后指着我们说
你们
就是淤泥

2016|06|09

维也纳铁匠

圣诞前夜
维也纳天寒地冻
我在广场看到两个白人青年
赤裸上身穿着皮裙
健壮的胳膊上下挥舞
他俩在打铁
飞溅的火花挑动夜空
他俩面前排着购物长队
我依稀记得
他们在打铁玫瑰
铁匠摊旁边
竟然是一个炸油饼摊
炸油饼的人不知去向
只有油饼守着油锅
远处市政厅大厦
虚掩的门漏出灯光
里面满满一屋子洋孩子
如果其中一个
长大后成了诗人

一定会写下这个夜晚——

门开了

门口站着一个东方人

2016|06|16

蹲

我看见景山对面
故宫博物院广场上
蹲着一个人
一望即知是个农民
她累了
但这儿没有
她的凳子
她不肯坐地上
她的办法很简单
她坐自己

2016|08|15

夜行列车

我们坐在硬座车厢
周围的白人黑人
昏昏欲睡
黄种人辅导员
耳麦传出京剧唱腔
我用一瓶啤酒
打开另一瓶啤酒
又把开了的啤酒盖儿盖上
打开这瓶啤酒
再把开了的这瓶盖好
去开又盖上了的那瓶

2016|08|22

饺子

我见到了伟大的狱警
他在除夕给囚犯端去饺子
我也见到了伟大的囚犯
他放着不吃说是没有醋

2016|09|16

干部

我父亲学历史母亲学医
除了姑父当官
大姨姨夫大舅
大妗子小舅姑姑
不是当老师就是当医生
他们出身不好
唯有刻苦读书
成为革命干部
表面看我们是小知识分子家庭
本质上是农民家庭
家里很少谈到军事军营和军人
很少谈到工业工厂和工人
很少谈到商业商场和商人
吃饭比如说吃西红柿茄子面
母亲经常会谈起这样一个话题
西红柿花了五角钱
茄子花了四角钱
油盐酱醋蒜花了一角钱
面粉三角煤火一角

总共一元四角钱

每碗面要是在饭馆卖三角钱

六个人每人两碗就得三元六角

这顿饭白吃

还省了二元二角钱

2016|11|07

在京津塘高速加油站

在去往天津的
高速公路加油站
沈浩波坚定地告诉我
他要退出商界
专心写诗
我立即劝阻
我是这样说的
诗神就是让伊沙证明
当教师也可以写好诗
让徐江证明
自由职业也可以写好诗
让侯马证明
干公职也可以写好诗
让沈浩波证明
经商也可以写好诗
其实
我也并非完全这样认为
只是不想
马上面临我的问题

2017|02|05

遗照

我恨一个与我无冤无仇的人
恨他作恶多端
却寿终正寝
恨他的黑框眼镜
与刻薄嘴唇
恨他带给我郁闷和恐惧
恨疯子、混子、骗子
变态者扶摇直上
我恨他不是最后一个
恨他带黑框的照片
玷污了东杨小学的糊窗户纸

2017|03|17

在雨声中醒来

不敢问夏尔
听没听见过雨声
从房顶瓦片上汇集成流
又在屋檐尽头凌空落下
一滴追逐一滴
次第绽放的雨声
我怕一问
他会感到人生
原来还有残缺
或者听到答案后
我会认为古中国
超越空虚的那点意义
台阶下已接不到了

2017|07|26

跳舞的护工

我父母住在超大型
老年社区
感谢二老
尚能行走
勉强自理
每个黄昏
他们社区都有几百个
坐在轮椅上的老人
被护工推到社区广场
一字排开
然后
在老人河的注视下
护工娴熟地跳起集体舞
音乐大作
老人一言不发
不知是一生的苦难
还是眼前的景象
使他们个个面无表情

2017|08|03

在侯马

暮色里
我跟一个沉默的人摔跤
他是我的好友
但越摔越陌生
越摔越像敌人
我有十足的把握
能将他摔倒
但我无论如何努力
他依然站立
缠斗不止
观众走光了
天色越来越黑
我俩互相掐住肩膀
势均力敌真是难搞

2017|09|09

初秋

他脱下中山装
露出里面的长袖衬衣
正午再脱
里面竟然还有短袖衬衣
一个街头收破烂的
从里到外全是正装

2017| 09|08

听接警员讲述一场火灾

一个女子
报火警
声音平静
准确描述了区域位置
手机号码
我问她哪里着了
她说床上
我问大吗
她说现在不算大
消防员及时赶到
撬开房门
扑灭卧室里的火
救出了她年轻的尸体

2017|09|25

在涿州

我在涿州当过老师
带全班去周口店
看山顶洞人
骑自行车回去的路上
我唱了一首歌
张楚的《黄土地》
唱毕
同学们举双手
鼓掌
结果在公路上
摔倒一大片
不能当老师啊
孩子的心太纯真

2017|10|14

救救老人

我去看望
住院的妈妈
听见隔壁病房
一位老人
有力的喊声
大夫救救我吧
我不能死啊
我一年六万啊

2017|11|02

积水潭

我父亲帮我照看孩子
孩子摔了一跤
拉到积水潭医院照片子
竟然骨折了
我不禁沉下了脸
那是我三十多岁
初为人父的时候
我表面沉默
心里却埋怨
父亲事业无成
连孩子都看不好
这念头使今日的我
真害臊啊

2018|01|21

特殊教育

片警把安全知识
刺成了盲文
就像蚕宝宝
下在草纸上的卵
我告诉一位盲女
她长得很美
全班开心大笑
也明显惊讶
这位少女天真地说
我一点都不知道呵
我担心老师没告诉过她
更担心他们不认为她美

2018|01|22

吃灯泡

我饥肠辘辘
好不容易发现
一个煎饼摊
排队交钱
煎饼眼看就要摊好了
突然远处城管出现
摊主蹬车就跑
我立即猛追
在小区深处
追到了摊主
他拿出五块钱还我
我说不要钱
给我煎饼
他说灯泡炸了
里面都是玻璃碴

2018|02|26

军工厂门前

有只小鸟落在马路中间
在柏油残破的坑洼喝水

它的祖先一定在大象的脚印中饮过

2018|12|09

雨后农舍晨起

雨后
大地泥泞
村人晚起
寂静的院子里
总是有梅花样的猪蹄印痕
树杈般的鸡爪印痕

以及消化良好的猪粪
消化不良的鸡粪

2018|12|09

雏雀

我在万物复苏的春天
碰到
一只跌落在地上的雏雀
它还不会飞
也蹦不高
我惊喜紧张
带着渴望追赶
但是
没有一个春天
我曾经追上其中任何一只
直至我长大成人
明白了好生恶杀
母雀一定目睹了这一幕
它正是这样激励雏雀的
——飞吧，孩子
能跑赢人间的娃娃就能赢得你的生命

2018|07|09

不可或缺

过年前妈妈煮了

一锅肉

我另有图谋

自告奋勇

关火

妈妈嘱咐了一番

睡觉去了

几小时后

我关掉火

端下了锅

迫不及待取出一大块

吃了起来

但是我失望地发现

肉

完全不像我渴望的那样好吃

吃来吃去只好放弃

我明白原因是很久以后

肉里没有放盐而已

我一直思考

对生命而言

类似的东西

2019|01|14

冬日的一截矮墙

无论多冷
只要太阳一晒
冬日的矮墙
总会长出几个老头

2019|02|04

三峡孤灯

三峡工程动工之前
三峡旅游火爆
我也随众顺江而下
看郦道元的瞿塘峡
巫峡西陵峡
白天上岸赶集
夜晚航行
有一晚从船上回首
大山大江漆黑一片
如在宇宙
而万山峻岭深处
一盏孤灯
如同星辰
没有如此一望
我不会知道
孤独如此刻骨铭心

2019|02|04

烟

她点燃一支烟
轻吸一口
然后递给我
有时我会停下车子
吸几口后
还给她
她吸烟深
大理石塑像般沉美
但是她听我的话
基本上戒了
在她彗星般逝去以后
回忆起来
这样宁静的场景
才不会让我心口钝痛

2019 | 06 | 09

摇篮曲

我在呼伦贝尔草原看到的绝美晚霞
一定是鲜卑人南下洛阳
建立王朝时忆起的那一抹晚霞

2019|06|13

身临其境

我理解
一个真正的伐木人
当他拎着斧子站定
究竟伐倒哪棵树
他是与林子商量的

2019|06|20

衰老

你在美院上学
人体写生课
有一个老年模特
私处灰白
缩成一团
许多同学脸红
草草画毕
而你
仔细描画
忍着恶心
悲哀胜于羞涩
这是你当年
难以接受的衰老
你
真的永远
不会迎来衰老了
而我昨日游泳
发现下面
已有几根白色

呵，这就是你说过的

令人悲哀

令人恶心的衰老

来了

2019|06|23

圣诞夜

在德国的腹地
茫茫雪原中
一座孤零零的
假日酒店
客人全走光了
只有一个中国旅行团
和一些不知为何不回家的老人
我穿过餐厅时
对其中一位手持刀叉的先生
说了一声
Merry Christmas
这时我听到
所有的老人
停下刀叉
抬起他们苍老的面庞
一齐说了一声
Merry Christmas

2019|10|03

跋

诗人的形象

诗人的形象不是他所属群体的公共形象，但一定包含了他对所属群体的态度和判断，因此我对与个人相对的阶层、部门的诗人十分担忧，持保留态度。我先是不以诗人自居，甚至后来直接在作品中声明我不是一个诗人。

我为什么写诗呢？因为深奥复杂的思想与复杂多变的现实需要诗歌生动透彻、单纯直接的表达。我能体会到唯有写诗才能带来的乐趣。而无论是不是自认为诗人，如果你写诗，诗歌必然呈现诗人形象，尽管许多诗歌呈现的是千篇一律或者面目不清的形象。坦白说，大多数写作，都没有鲜明的诗人形象或看不到有这个自觉的追求。

我的诗歌想告诉敌人的是，尽管我爱你，我也相信你能明白我与你一样是普通的人，但在必要的时候，我会毫不犹豫地消灭你。

有敌人就有爱人，诗歌就是示爱，不仅是示爱，更需要示的是爱的能力和捍卫爱的实力。

读者想读一首诗，其实就是想了解一首诗背后的诗人，以及他面对读者同样可能面对的世界时的态度。读者对诗人有期盼，渴望得到有所裨益的收获。

如果一个人，甚至连人的形象都没有，怎么可能有诗人形象呢？他会伪造诗人形象。

诗人通过创作诗歌认识自己，从而教育自己。诗歌是诗人对自我形象的塑造与追求，也是对自我不满的修改，而这一切均需要真实的发生，绝不仅仅是文字层面的掩饰与美化。在这一点上，诗歌才使我们更美好。

读者亦然。读者带着问题读诗，好的读者并不寻求知音，也不会反复自我感动。假如他面对的是整个世界的话，他寻找的是具有挑衅性或有修正力量的作品。

伪造者抄袭。因为他认为作品与作者无关，一件可以欺世盗名的智力产品而已。他在割别人的肉，以为可以为自己缝制面皮。

在以往漫长的时代，伟大的作品与伟大的创造者无关，因为那是不承认人的时代。而诗歌也长久地被认为是文人而不是人的事业，所谓诗歌是一种知识，也只是文人特权的余响。

而这个时代最伟大的成就之一，就是当代诗人对自己形象的确认，让我们看到了普通劳动者人格的独立、人权的平等，这一点为历代绝无仅有。

我写过许多表现亲情的诗篇。但是很奇怪，当爸爸写完妈妈的传记，想把这些诗收进家庭文集时，我发现不合适。我写得十分真挚，但放在一个家庭内竟然显得冷漠。

当我到了边疆工作时，我想到了边塞诗人，他们在这里摸到了国家的刀伤、历史的筋骨和人类的枯骨，他们的诗作，给文学传统注入了大而硬的新基因。

几年前，里所告诉我，磨铁读诗会打算在“中国桂冠诗丛”里选出一个“不一样的侯马”。沈浩波表示，我的七十首诗作他可以秒选。但从成书来看，其中更多作品都是晚近几年的新作。我的新作把一些旧作从这本集子里挤出去了。我应该高兴，但高兴得好像不太真诚。

我的旧作，就说最早的作品《那只公鸡》吧，展现的是很有文学天赋的一个儿童的形象，就是说我的早期诗歌形象是一个儿童形象。十分凑巧的是，这本集子可能会以《衰老》这首诗结尾。其实我并不衰老，实际我也不能说成熟，我早慧却不早熟。

从《那只公鸡》到《衰老》，整整三十年，而依磨铁读诗会“中国桂冠诗丛”今日之标准，我入选的诗作大多写于近几年。中国现代汉语诗歌处在这样一个飞速发展的时期，想想自己的整个写作，真是后怕。

是为跋。

侯马

2019|11|01

呼和浩特

盘峰一代

——“中国桂冠诗丛”第三辑出版后记

磨铁读诗会“中国桂冠诗丛”前两辑，完全以诗人的出生年代为分辑依据，第一辑选择了五位出生于20世纪50年代的诗人：严力、王小龙、王小妮、欧阳昱、姚风；第二辑选择了五位出生于1960年到1965年的诗人：韩东、唐欣、杨黎、潘洗尘、阿吾。那么第三辑呢？当然该是出生于1966年到1969年的诗人。

不仅仅如此，我们还有另外一层考量。这一辑选入的四位诗人，还基于更强烈的历史意义和诗学意义——至少在这套“中国桂冠诗丛”中，他们可以被称为“盘峰一代”，并以此作为入选本辑的最重要依据。这四位诗人是：伊沙、侯马、徐江和宋晓贤。

在中国当代诗歌史上，“朦胧诗”和“第三代”的诗人是先驱者、启蒙者、发端者，普遍出生于20世纪40年代到1965年之间。1965年以后出生的伊沙、侯马、徐江和宋晓贤，没有赶上20世纪80年代风起云涌的“第三代”诗歌运动，他们1989年大学毕业，迎面赶上的是文化保守主义盛行的90年代。海子之死引发了“麦地抒情”，学院派用修辞学和知识分子写作的文化策略将“第三代”形成的先锋诗潮驱赶到边缘和地下。对于刚刚冲进来的年轻诗人们而言，在这样的环境中，如何还能保持活跃的、先锋的诗歌灵魂？如何将80年代形成的先锋美学向更大的可能、更开阔的空间和更深刻的方向推进？事实上，整个90年代，伊沙几乎是用孤军奋战的方式，在如同铁幕般的保守环境中，以尖锐的解构者形象，用一种全新的诗歌声音和他不分地上地下的疯狂投稿，硬生生撕开了一道先锋诗歌的新口子，并最终在1999年，等来了先锋诗歌力量在20世纪末“盘峰诗会”上的一次集结。他与“第三代”在90年代硕果仅存的领袖诗人于坚，以及自己的两位大学同学加诗歌战友徐江、侯马一起，在“盘峰诗会”的现场和会后数年，竖起了汉语先锋诗歌“民间立场”的旗帜。并在进入新世纪之后，与崛起于互联网、由70后诗人发起的“下半身诗歌运动”，以及更多出生于70、80年代的年轻诗人们汇聚，借助互联网打破一切发表壁垒的传播方式，构成“民间立场”先锋诗歌阵营。

侯马和徐江的诗歌写作，发轫于 20 世纪 90 年代，成熟于新世纪第一个十年，壮硕于新世纪第二个十年，在这三十年中，他们始终是中国当代诗歌先锋阵营的中流砥柱。宋晓贤则是在 20 世纪 90 年代晚期，突然以若干首经典名作惊艳亮相，被“民间立场”阵营中不同美学势力同时接受和推举，并于“盘峰诗会”后在徐江的鼓动下加入论争。

“盘峰论争”发生于世纪交接的门槛上，是当代诗歌史上继“朦胧诗”论争后最为重要的一场诗歌论战，其所包含的诗学意义影响深远。前承 20 世纪 80 年代的“第三代”诗歌运动，后接新世纪诗歌美学高度开放的互联网时代。而伊沙、徐江、侯马、宋晓贤，正是跨越世纪的一代诗人，求学于 20 世纪 80 年代，成名于 90 年代，丰富于新世纪，他们身上埋藏着中国当代诗歌的诸多密码。宋晓贤 1984 年考入北京师范大学中文系，伊沙、徐江、侯马 1985 年考入北京师范大学中文系，但四人同时于 1989 年毕业，他们身上烙刻着时代的印记。20 世纪 90 年代，曾经在 80 年代中后期引领美学潮流的“第三代”口语诗歌一脉，被麦地抒情诗和学院派诗歌逼入民间。中国诗歌的先锋派们，在五花八门、层出不穷的民间诗歌报刊上艰难延展。其中，最有影响力的两份民刊是北京的《诗参考》和天津的《葵》，而伊沙、徐江、侯马、宋晓贤正是这两大民刊的最核心作者。2000 年，中国诗歌进入互联网时代，宣布了民刊时代的终结，从这个意义来说，“盘峰一代”也正是最后的“民刊一代”，继而，他们走向了新世纪，却始终保持了这种原初的、与先锋性相映照的“民间性”。什么是“民间”？就是“民刊”的那种民间，就是地下诗歌式的、反抗的、不屈的、不服从于任何美学体制的“民间”。

新世纪以来，伊沙的写作进入他生命力最旺盛的阶段，其人即其诗，其诗即其人，诗人合一，极大地推动了中国口语诗歌的发展，他始终是中国当代先锋诗歌中的现象级存在；侯马的写作，历经淬炼，在新世纪的第二个十年，经典迭出，树立了口语诗歌写作中经典化的写作范式。他和另一位口语诗人唐欣一起，为口语诗歌的经典化树立了美学榜样；徐江展现出越来越丰富多样的创作实绩，其诗歌中辽远的人文性和敏感的抒情性尤其显得独特而珍贵。他近乎蛮横地将当代诗歌分为“新诗”与“现代诗”，直接形成了中国诗歌通往现代性之路上最本质的区分性定义；宋晓贤曾在广州参与创办南方口语诗歌流派“白诗歌”，推进了南方诗歌的平民化，并在创作中不断力求写出追求心灵价值和真理的诗歌。

基于以上原因，磨铁读诗会“中国桂冠诗丛”第三辑，选择伊沙、侯马、徐江、宋晓贤四位诗人，以“盘峰一代”的身份，做一次富有历史意义的集结。

沈浩波

2021|01|22

图书在版编目（CIP）数据

夜行列车 / 侯马著. — 成都：四川文艺出版社，2021.3
ISBN 978-7-5411-5737-0

Ⅰ. ①夜… Ⅱ. ①侯… Ⅲ. ①诗集 – 中国 – 当代 Ⅳ. ①I227

中国版本图书馆CIP数据核字（2021）第025876号

YEXING LIECHE

夜行列车

侯马 著

出品人 张庆宁
责任编辑 李国亮 陈雪媛
特约监制 里 所
特约编辑 胡 超 李柳杨
封面设计 周伟伟
责任校对 汪 平

出版发行 四川文艺出版社（成都市槐树街2号）
网 址 www.scwys.com
电 话 028-86259287（发行部） 028-86259303（编辑部）
传 真 028-86259306

邮购地址 成都市槐树街2号四川文艺出版社邮购部 610031
印 刷 河北鹏润印刷有限公司
成品尺寸 126mm × 198mm 开 本 32开
印 张 3.75 字 数 90千
版 次 2021年3月第一版 印 次 2021年3月第一次印刷
书 号 ISBN 978-7-5411-5737-0
定 价 42.00元

中国桂冠诗丛｜第一辑

王小龙 著 《每一首都是情歌》
严 力 著 《悲哀也该成人了》
王小妮 著 《扑朔如雪的翅膀》
欧阳昱 著 《永居异乡》
姚 风 著 《大海上的柠檬》

中国桂冠诗丛｜第二辑

韩 东 著 《我因此爱你》
唐 欣 著 《母亲和雪》
潘洗尘 著 《燃烧的肝胆》
杨 黎 著 《找王菊花》
阿 吾 著 《相声专场》

中国桂冠诗丛｜第三辑

伊 沙 著 《白雪乌鸦》
侯 马 著 《夜行列车》
徐 江 著 《黄昏前说起天才》
宋晓贤 著 《月光症》

磨 铁 读 诗 会